Philippe Delerm, né en 1950 à Auvers-sur-Oise, voue son écriture à la restitution d'instants fugitifs, à l'intensité des sensations d'enfance. Il est notamment l'auteur de *Sundborn ou les Jours de lumière* (1996), *La Première Gorgée de bière et autres plaisirs minuscules* (1997), *La Sieste assassinée* (2001), *À Garonne* (2006), *Ma grand-mère avait les mêmes* (2008) et *Je vais passer pour un vieux con* (2012).

Philippe Delerm

LES EAUX TROUBLES DU MOJITO

et autres belles raisons d'habiter sur terre

Éditions du Seuil

TEXTE INTÉGRAL

ISBN 978-2-7578-5930-8
(ISBN 978-2-02-105650-1, 1re édition)

Le vrai bonheur serait de se souvenir du présent.

Jules RENARD, *Journal*, 9 octobre 1891

Le mensonge de la pastèque

Elle est trop belle. Étrange. Est-ce qu'on la boit, est-ce qu'on la mange ? Elle est comme une fausse piste du désir. Le rouge-rose de cette chair meurtrie, évanescente et gorgée d'eau, vient mourir en pâleur maladive au bord de la solide écorce vert profond. Au centre elle est si sombre, incrustée de grains inquiétants d'un noir d'ébène, pépins ou fers de lance empoisonnés.

Comment peut-on être si lourde de tant de rien impudent, magnifié ? Toujours ouverte sur les marchés de l'été, la pastèque s'exhibe en recours absolu contre une soif qui jamais ne s'étanche. À quoi bon l'acheter ? On sent déjà qu'elle se dissoudrait sur la langue, neige écarlate bien trop tôt fondue. La mangue et la goyave ont goût de goyave et de mangue. La pastèque n'a goût de rien, et c'est donc elle qu'on désire en vain. Elle est la perfection de son mensonge, et les marchands le savent bien. Ils l'exposent à l'écart, et connaissent son rôle. Elle allume tous les regards, conjugue impudemment la moiteur, la fraîcheur, donne un peu de son insaisissable perfection aux fruits modestes qui l'entourent.

Elle se vend effrontément. On ne l'achète pas, par peur du ridicule. On sait d'avance qu'on ne pourra la posséder vraiment. Son goût est transparent. Elle n'est qu'un mirage de la chaleur et de l'été.

Ses lèvres bougent à peine

On est avec lui dans le bus. Enfin, avec lui… Assis juste en face, il est ici, ailleurs, partout. Il a sept ans. Cours élémentaire première année. Cette année, il sait vraiment lire. Tout à l'heure, à peine sorti de la librairie, il s'est emparé de ce petit album d'Yvan Pommaux à la couverture bleu lavande et il s'y est aussitôt embarqué, vaguement conscient de la réalité qui l'entourait – évitant les piétons un peu comme un skieur de slalom ferait pour les piquets. Souvent, en le croisant les gens souriaient, et on se sent plutôt fier d'avoir pour petit-fils un dévoreur de livres.

Maintenant, dans les soubresauts du trafic, on le regarde dans sa bulle, si loin, si près. Ce qui est fascinant, c'est l'imperceptible mouvement de ses lèvres. Il ne fronce pas le front ni les sourcils. Mais il ne glisse pas encore sans effort sur la piste. Il lui faut ce déchiffrage pas tout à fait fluide, sublimé par l'envie, la passion, le désir émouvant de posséder ce monde où il veut s'évader.

On est sûr que si on lui lisait cette histoire il sourirait souvent. Mais il ne sourit pas. Son visage est pénétré, si grave. Il crée ses propres terres d'aventure, le secret silencieux de son éloignement. Ses lèvres bougent. Il boit à petits coups la magie difficile de l'échappée.

C'est un travail encore, et c'est déjà la liberté. Il y a un code. On ne va pas le déranger avec un « Ça te plaît, c'est bien ? ». On sait qu'il ne faut pas brusquer l'embarquement des somnambules. On ne veut pas non plus le ramener à la réalité, la présence d'un grand-père avec son petit-fils dans un autobus bondé de fin d'après-midi. On vole de le regarder voler. On ne l'a jamais trouvé si beau. Ses lèvres bougent à peine.

Danser sans savoir danser

Dans les fêtes de province, pendant les vacances, on faisait partie de ceux qui restaient rivés à la table du café de plein air, en bout de piste. On regardait les artistes du paso-doble et du rock and roll. On admirait leur aisance, leur pouvoir. On se sentait si amoureux, parce qu'on ne savait pas danser. Plus tard, on était de ceux qui n'allaient pas en boîte. Et puis voilà. La vie a passé. On se retrouve à un mariage. En général, on trouve ça ennuyeux, ces efforts de conversation avec les cousins de la mariée qu'on ne reverra jamais. Alors quand la musique s'installe, on choisit de danser.

Danser, c'est un grand mot. On bouge comme un ours. Mais ce n'est pas grave. On a passé l'âge des susceptibilités. Chance, ça commence par un twist. On peut jouer sur son insuffisance en deuxième degré, en pliant les genoux, avec un mouvement des bras qui ne donne pas le change, mais semble se moquer de toute une époque – la nôtre. Le problème, c'est que juste à côté des beaucoup plus jeunes maîtrisent idéalement le twist, mais on n'est pas dans la compétition.

Une valse ! Là aussi, on peut tournicoter avec un sourire ineffable. Alain Delon dans *Le guépard*. Mine de rien, on commence à se sentir étrangement bien, on entre dans la peau des personnages qu'on feint d'imiter. Peu à peu, on oublie le regard des autres. On ne parodie plus, le risque de ridicule semble s'effacer. On se réconcilie avec son corps. On voit bien les gestes parfaits de ceux qui ont la vraie technique. Mais curieusement, on ne les envie pas. Ils ont toujours su danser, sans doute, et ne connaissent rien de la mélancolie de ne pas savoir. C'est tout à fait bon de sentir que l'infériorité devient supériorité. À ne pas savoir danser, on sacralise la danse, on lui donne tout son pouvoir. Toutes les années perdues en apparence font le bonheur présent. Et l'on se venge enfin du carcan de l'adolescence.

Averse

On a rentré la tête dans les épaules. Quand la pluie a redoublé, insolente et perverse – à l'ouest, tout un pan de ciel bleu illuminait encore les rues –, on a grimacé avec un peu d'ostentation. On a piétiné au feu rouge. On était déjà transpercé. Là-bas, ce petit toit en avancée devant la pharmacie. Alors on a couru, senti le vif de mars vous pénétrer le corps. Juste avant le refuge, on a modéré sa foulée. Un sourire est venu aux lèvres, comme pour se moquer de soi, du spectacle pitoyable qu'on propose au regard des abrités.

Et c'est juste ces quelques secondes-là. On reprend pied. On respire à longs traits, comme si on venait d'échapper à la noyade ou à l'asphyxie. Les autres se sont poussés pour accueillir le nouveau naufragé. On les remercie d'un hochement du chef qui signifie eh oui, on en est tous réduits au même sort.

C'est très bon, cet arrêt imposé. Il y a quelque chose de rajeunissant dans cette exagération de la respiration, cette fraîcheur de l'eau battante, là, tout près, de la goutte glaciale qui s'échappe du toit, tombe dans votre cou.

On ne se parle pas. Une gêne légère prend à peine le temps de s'installer, mais quelqu'un la dissipe en disant « Je crois que ça commence à se calmer ». Pour ne pas perdre complètement contenance, il va se décider à partir bien trop tôt. Car il continue à pleuvoir et il fait presque beau, l'idée de l'arc-en-ciel précède l'arc-en-ciel. Plus rien ne presse. Qui donc a écrit ce petit poème en prose dont on aime les derniers mots : « Et je vais aller rentrer un jeu de croquet oublié qui se mouille » ?

La deuxième étoile

Presque dix heures. La nuit de fin juillet hésite à venir s'installer, instille un peu de mauve dans le ciel et sur le sable brun. Ils sont les derniers sur la plage. Resserrés en carré comme un petit camp retranché, ils ont retardé à l'infini le moment du pique-nique. Ils ne sont pas propriétaires, ni locataires d'une maison, ni même d'un appartement, ça se voit tout de suite. Plus tard, il leur faudra s'engouffrer dans une voiture et rentrer vers les terres. Non, deux voitures, ils doivent être une dizaine au moins. Les enfants ont joué longtemps, poussé des cris d'effroi quand la marée a fini par détruire en quelques vagues les contreforts amassés à coups de pelle. Qu'ils en profitent, rien ne presse, on est bien, là.

Au loin, la terrasse du Grand Hôtel allume ses lumières. Ça ne doit pas être mal, le cérémonial du plateau de fruits de mer, la bouteille de sancerre perlée de gouttes glacées. Mais bon, qu'ils se battent avec leur tourteau. Le poulet froid de la glacière est savoureux, bien meilleur qu'à midi – un peu de vent faisait voler le sable, le soleil tapait fort.

Ils ont couru, se sont baignés, ont sorti les raquettes, le ballon, des magazines. Les hommes ont fait la sieste, le visage dans l'ombre du parasol. La femme âgée a surtout regardé les autres, un sourire de partage au coin des lèvres, tendant la joue à des baisers mouillés, empressés et distraits. Maintenant la fraîcheur tombe. Ils se blottissent dos à dos, il reste encore des abricots. Des silences s'installent. C'était un beau dimanche, oui. Attendre que les derniers bouchons aient disparu avant le pont de Nantes. Attendre, reculer demain. Attendre que les joies dispersées laissent la place à l'idée du bonheur, qui donne le frisson. Juste la nuit qui vient, enfiler un pull. Être si fort ensemble, quand les autres s'éloignent, et qu'on se protège en carré.

– Tu dors, Leila ?

– Non, j'attends la deuxième étoile.

Les bruits de Venise

Évidemment pas sur le Grand Canal, où le vaporetto, les taxis, les barges chargées de marchandises jouent leur concert de moteur et d'eau. Mais partout ailleurs. Au détour de toutes les calle, des sotoportegi, des campi.

Une ville où l'on distingue chaque bruit est une ville de silence. La musique des voix, cet accent traînant, chantant. Parfois une familiarité un peu appuyée parce qu'on n'a que le temps de se croiser : « Ciao Roberto ! Ciao Francesca ! » – mais l'insistance sur la deuxième syllabe du prénom donne à l'étranger le sentiment d'une convivialité clanique dont il ne maîtrise pas l'ampleur. Le plus souvent, les Vénitiens ont le temps de se parler. Beaucoup de petites vieilles, de petits vieux avec leur dame de compagnie. Campo San Giacomo da l'Orio, ils se trouvent une place sur un banc rouge écaillé, et ils aiment la matérialité mélodique de leurs conversations croisées. Cela se sent. Il n'y a pas la précipitation poulaillère que l'on subit en France notamment, et follement aux États-Unis. À Venise, on s'écoute soi-même et on écoute l'autre avec gourmandise. La langue reste souple et solaire, quand les articulations deviennent réfractaires.

Sur le sol dallé, on entend des ballons qui résonnent, des cris d'enfants s'aspergeant aux fontaines, des roulements de patinettes. Des bruits qui montent vers le ciel et disent que les vieux et les petits ont toute leur place ici.

Si l'on tend bien l'oreille, on accueille le babillage d'un poste de radio derrière des volets tirés, à l'heure la plus chaude, et même le frottement d'un balai qui pousse des feuilles mortes. Alors le soir, à San Marco, on n'a plus envie de s'approcher des orchestres et de leur musique sirupeuse, accordéon, piano, violon. On les laisse flotter loin comme une buée de séduction facile, et se dissoudre dans la nuit. On sait que tôt, très tôt le lendemain matin, on entendra les voix de la vraie vie, quand les Vénitiens se croisent en marchant vers le traghetto, le vaporetto. « Ciao Roberto ! Ciao Francesca ! »

Nature morte

Il y a des fruits, des pommes, des raisins. Des légumes, des asperges, des poireaux, pour les confusions lancéolées des blancs, des blancs cassés, des verts tendres ou profonds, des bleus gagnés par le secret du mauve. Il y a des poissons souvent, pour l'infini miroitement des gris glacés poussant au presque noir. Des tons froids sur les bruns chauds des tables de cuisine. Il y a des étoffes, parfois seulement les replis veloutés des torchons déployés là dans un désordre mis en scène. Il y a des plats d'étain, d'autres de porcelaine, des verres de cristal à facettes, où le vin rouge s'éclaircit dans une flèche de soleil. Il y a la sensation de toucher, le pouvoir étonnant de restituer dans le regard l'imperceptible irritation donnée par la peau des pêches.

Il y a ce grand silence, cette immobilité. Pas une main, pas un geste, pas l'ombre d'une silhouette. Les choses pour les choses, alors ? Mais non. Des choses pour les peindre, et très bientôt pour les manger. Comme si peindre n'était pas l'envie d'éterniser, mais celle de vivre et d'avaler la vie. C'est dans une cuisine au dix-septième, au dix-huitième, ou bien plus près de nous encore quand Cézanne enflamme impudemment les pommes de l'automne.

Dans les natures mortes il y a des rites devinés bien sûr, et ce petit apprêt bourgeois. Il faudra bientôt consumer le présent. On se brûle à la flamme suspendue d'un chandelier où la bougie se gerce et dégouline.

Attention, peinture fraîche !

C'est un panneau maladroit, un bout de carton que l'on a écrit à la main, avec des caractères majuscules un peu tremblotants. Sur un banc, sur une porte, une fenêtre, une barrière. Attention à ne pas vous tacher. Attention également à ne pas gâcher le travail effectué.

Mais *Attention*. Vous risquiez fort de vous asseoir ou de passer sans voir. On n'a pas détruit, on n'a pas remplacé. On a repeint. Repeindre, ça se fait le cœur léger, en sifflotant. On n'a pas eu la prétention de changer l'univers, de faire du neuf avec du vieux. Quoique. Sous ses deux couches bleu charron, le bois est beaucoup mieux que neuf. Il garde les mêmes nœuds, les mêmes rides. En le recouvrant, on fait davantage que le regarder. Du bout du pinceau, on s'attache à sa structure profonde, on éprouve d'abord la difficulté de la pénétrer, puis la surprise de voir la réalité vous obéir sans se soumettre.

C'est au mois de mars ou d'avril, quand le soleil devient presque tiède. Un voisin passe et s'arrête :

« Alors, on profite du beau temps ? » Un autre, qu'on ne connaît guère : « C'est du travail ! » Et un troisième, admiratif, en parlant du portillon : « Ça y change la goule ! »

On se sent tutélaire, investi. On aime les choses telles qu'on les a trouvées, même les plus alambiquées, les moins utiles, les moins fonctionnelles. On veut les vies d'avant sa vie, et les faire siennes, épouser le décor et lui faire plaisir. Étonner en douceur. Sentir ce tout petit acquiescement du monde, et prévenir. Attention, ça ne se voit pas beaucoup, mais j'ai changé la vie. Peinture fraîche !

Les actualités : Gilbert Denoyan

On a surtout entendu cette annonce le soir. « Il est vingt heures. » Ou vingt-deux, ou vingt-trois heures. « Les actualités : Gilbert Denoyan. » Le nom de ce journaliste reste associé à un bulletin d'informations concis, quelques minutes où la vie se trouve canalisée, hiérarchisée d'une manière qu'on ne remet pas mentalement en cause. Souvent, pour commencer, un fait de politique intérieure, ou internationale. Parfois une catastrophe écologique, ou ferroviaire. Du sensationnel évoqué d'une voix posée, évidemment pas insensible, mais tempérée par la situation : je suis en train de vous livrer un concentré de nouvelles, il y a ce qui va vous émouvoir, mais suivront aussi les événements sportifs, la météo, les cours de la Bourse…

Ces actualités, on les reçoit dans le désordre chaud d'une cuisine, ou durant un trajet automobile nocturne. Elles accompagnent le cours de la vie, et s'y marient sans effort, accentuant un sentiment de sécurité, de protection, parce qu'après tout les fêlures du monde sont suivies par une autre émission que l'on attend, du jazz, du cinéma, un entretien avec un écrivain.

Et pendant des années, Gilbert Denoyan est là entre le réel et nous. La sonorité liquide et ondoyante de son nom s'est associée à son timbre chaleureux, à la fois impliqué et détaché – je vous dis ce qu'il en est, mais je ne veux rien bousculer. On ne l'a jamais vu en photo, ni entendu émettre une opinion personnelle. Et son lien avec nous n'en est paradoxalement que plus fort. Comme si un peu de lui s'était secrètement instillé dans notre rapport au monde. Il est vingt heures. Les actualités : Gilbert Denoyan.

Boire le soleil, ou boire une ombre ?

Spritz. Le mot jaillit avec un pétillement un peu abrupt, effervescent, comique. C'est presque par dérision qu'on le rattache à la matérialité languide de ces boissons couleur soleil qui donnent le ton à toutes les terrasses de café vénitiennes. Soleil orange ou soleil rouge ? Spritz aperol ou campari ? À chaque fois, on hésite. Pas seulement pour le goût, mais pour le choix de la lumière. Le campari est plus amer, plus sauvage, plus absolu. Sa luxuriance appétissante cache une force inattendue. L'apérol ne glisse pas jusqu'au sucré, mais l'éclat de son orangé mène vers une douceur subtile. Ils semblent faits pour la comparaison, la liberté du choix, le plaisir absolu de les voir se côtoyer sur la petite table blanche. Dans les verres évasés, tous deux ont des volutes lourdes. Ils donnent envie de se taire, d'attendre avant de les goûter. On peut approcher le verre des yeux et regarder Venise dans ce prisme. La brique des Frari, le miroitement de la Giudecca le long des Zattere, le crépi mauve qui s'effrite dans les moindres calle aiment ce kaléidoscope inversé, qui donne à chaque chose la couleur singulière de l'instant.

Bien sûr, le mot spritz n'est pas italien. Ce sont les Autrichiens qui l'ont inventé, en envahissant la Vénétie au tout début du dix-neuvième. Ils ne supportaient pas la force des vins italiens, et les étendaient d'eau, ou plutôt les aspergeaient, sens de ce verbe *spritzen*, au dynamisme un tantinet ridicule. Par la suite, les autochtones épousèrent l'idée à leur manière, mêlant leur vin blanc prosecco à l'eau de seltz, et ajoutant surtout la magie de la couleur, l'essence du soleil, aperol, campari.

Au-delà de ces fondamentaux, chaque cafetier vénitien possède ses dosages, ses secrets. On ne boit pas *le* spritz, comme on dit *le* pastis sur le port de Marseille, avec l'article défini qui sacralise le rite. On boit *un* spritz, soumis à l'alchimie d'une décantation qu'on ne domine pas. À Venise, il faut se laisser faire.

À l'époque où naissait le spritz, le campanile de San Marco abritait des bonbonnes de vin. Les chalands passaient en boire un verre. Le marchand déplaçait son nectar au fil de la journée, afin qu'il reste à l'ombre, et garde sa fraîcheur. Certaines métonymies poussent leur complicité jusqu'à l'art de vivre le plus exquis. « Andemo béver un'ombra ! » disait-on. On le dit encore, même si le campanile n'a plus l'apanage de la fraîcheur. Allons boire une ombre ! Comment résister ? À Venise, on ne résiste pas.

La ville où l'on boit le soleil est aussi celle où l'on sait boire une ombre.

Pitié pour Assurancetourix !

La dernière image. C'est à la fois toujours la même et toujours une autre. On s'y retrouve. Au centre, un grand feu clair jaillit vers le ciel. Il fait l'ombre plus profonde autour de lui. Une immense tablée l'encercle. Les Gaulois y font joyeuse ripaille. On aperçoit la silhouette ronde et confortable des rôtis de sanglier passablement enveloppés. Quelques traits noirs au-dessus des têtes symbolisent une joyeuse cacophonie. Seul Panoramix, reconnaissable à un bout de barbe blanche, semble faire l'effort de poursuivre un raisonnement serein. Les autres sont là pour exulter, parfois pour danser sur les tables. Au fil des albums, la présence des femmes va en augmentant, comme si un féminisme efficace avait gagné les mœurs gauloises au même rythme que les nôtres, et qu'il fût devenu indécent d'imaginer seulement les épouses en train de faire tourner les broches. À chaque fois, il y a des étoiles au cœur de la nuit. Car il sait faire chaud dans les nuits d'Armorique, ou bien c'est la cervoise qui possède des valeurs calorifiques.

Un gag récurrent, mais décliné toujours d'une manière différente, constitue le premier plan : Assurancetourix bâillonné, entravé, parfois même recouvert d'un menhir (!), sa lyre à côté de lui, a été neutralisé avant la fête. Cette manière assez barbare de préserver la quiétude météorologique nous amuse d'abord – après tout, le statut des souffre-douleur est de souffrir – mais bientôt nous afflige, car nous avons bon cœur, et puis parce que la dernière image des albums d'Astérix échappe à l'univers comique.

Nous n'avons plus envie de rire, mais seulement d'être bien. Bien comme on doit être bien quand, après les libations, on n'a que quelques pas à faire dans un engourdissement céleste pour gagner une des chaumières ventrues que l'on voit se dessiner à l'arrière-plan, se glisser en gémissant sous une couverture moelleuse, et plonger dans un sommeil sans rêves en ronflant comme un sonneur. Allez, juste pour une fois, laissez le barde s'approcher du feu de joie ! Il a promis qu'il ne chanterait pas.

Un soir d'été

Fin juin. On va dîner dans le jardin. On a mis des photophores un peu partout, sur l'appui des fenêtres, accrochés aux branches du vieux cognassier, du pommier. Sur le coup de dix heures il a fallu enfiler un pull, mais il ne fait pas froid, et puis tout le monde a envie de rester là. On a bu un peu trop, mais les amis habitent à cinq cents mètres, ils sont venus à pied. Des amis de presque toute la vie, aucune gêne. On déguste même quelques instants de silence, après le fromage et le dernier verre de saint-joseph – j'aime bien ce vin, il a une sorte de chaleur douce.

Les chauves-souris ont chassé en quelques minutes le vrombissement inoffensif d'un vol de hannetons. L'odeur du chèvrefeuille s'exaspère. Vous restez là, en juillet ? Oui, au moins jusqu'au vingt-trois. Alors oui, sur la paix de ce soir on peut ajouter la certitude qu'il y en aura d'autres, aussi faciles, aussi légers.

Certitude ? À la seconde où on le formule ainsi, un curieux doute s'installe. En fait, on se dit que cette soirée restera la meilleure – et pourquoi pas ? – mais aussi la dernière comme ça de l'été. Aucune raison objective à cela. Même si l'on n'habite pas une région favorisée par le climat, il ne pleuvra pas tous les jours. Aucune fâcherie possible, pas de catastrophe envisagée, même si on croise les doigts.

Alors ? Alors c'est incroyable, mais pour profiter vraiment du soir d'été, il faut que vienne au cœur l'idée de sa fragilité, la sensation qu'on le vit pour la dernière fois. J'ai fait une salade de fruits pour le dessert. Allumons une cigarette. Souvenons-nous du présent. Vivons dans le présent. Avec le sentiment que c'est presque impossible.

On est en grève

D'habitude, la montée dans le train à Saint-Lazare direction Trouville est peu amène. Beaucoup de monde, si c'est un train de week-end. Une attente patiente dans le couloir du wagon – elle va réussir à s'installer, celle-là ?

Mais là, d'emblée, un autre code s'installe. C'est la grève. Tout le monde a bénéficié d'une de ces insolences policées dont la SNCF a le secret : « Le train 3929 en direction de Trouville-Deauville partira avec un retard de vingt minutes environ. Nous vous remercions pour votre attention… »

Votre attention… On n'eût pas dédaigné des excuses. Pour l'attention, oui, peu de chances qu'on hésite à l'accorder – on est quand même vaguement intéressé dans l'affaire. Mais ce n'est pas d'attention qu'il va falloir faire preuve. Plutôt d'un esprit communautariste dont on se croyait tous ensemble dépourvus. Foin des affirmations pincées du type « Je suis désolé, mais je crois que c'est ma place ! », le registre bascule. « Ça ne vous ennuie pas que je m'assoie dans le couloir ? » On n'est pas le seul. Les chanceux installés dans les fauteuils se sentent soudain terriblement surélevés, bien trop bourgeoisement capitonnés. À leurs pieds, ceux assis en tailleur ou jambes repliées prennent un coup de jeune quand ils ne sont plus jeunes.

« À la guerre comme à la guerre ! » Il y a toujours quelqu'un pour dire ça, susciter des sourires autour de lui. Oh, ce n'est pas l'exode, on part juste en week-end de plaisir au bord de la Manche. Mais il y a tant de barrières qui tombent d'un seul coup, prenez ma place un instant je vous en prie, au moins pour le petit. Le déplacement vers les toilettes semble rigoureusement exclu, mais quand il s'avère nécessaire il s'effectue pourtant dans une fluidité stupéfiante. La mer Morte s'ouvre devant Moïse, avec des retraits obligeants d'épaule, des pieds escamotables. C'est beaucoup mieux que confortable, tant l'égoïsme a disparu. On est en grève !

S'aimer dans le métro

On est installé au bout du wagon, dans la petite partie compartiment à six places. Ils montent tous les deux à Strasbourg-Saint-Denis, trentenaires débonnaires, sac à dos, blouson court et chaussures de sport. En s'installant juste en face de vous, ils se cognent en riant. Le plus faraud lance un :

– Eh ben dis donc, y a pas trop de place, ici !

Son regard croise le vôtre.

– Il fallait monter en première !

La phrase est sortie de vos lèvres avec un sourire goguenard conciliant.

En face, l'expression du blond frisé change. Il marque un temps d'arrêt, soupèse à la fois votre apparence et votre capacité à supporter un peu d'insolence.

– Vous avez dû connaître ça, la première classe dans le métro !

Sans répondre directement, vous enchaînez :

– Et vous, vous êtes assez vieux pour savoir à peu près quand ça a existé !

Petites phrases qui pourraient sembler à fleuret moucheté. Les deux copains reviennent quelques instants à un échange privé. Et puis en allongeant les jambes, le frisé vous fixe, et tombe dans la familiarité intrusive.

– Vous avez passé une bonne journée ?

C'est sur le fil du rasoir, mais quelque chose dans ses yeux dément l'outrecuidance. Au lieu de l'envoyer promener, vous avez soudain envie de vous livrer, d'abandonner l'immense fatigue qui vous habite.

– Non, une journée horrible. J'ai installé mes deux parents dans une maison de retraite. Dans deux chambres séparées. Elle est alzheimer et aveugle. Il est épuisé et marche à peine. Et c'est mon anniversaire.

Alors les masques tombent. En quelques secondes et sans transition apparente on en vient à une pudeur compassionnelle délicate. Ces deux gars pas gênés qu'on a failli trouver insupportables se révèlent délicieux, subtils et délicats. On s'en tient à quelques mots espacés. Mais les yeux sont si chauds. Il faut tout se dire en quelques minutes, même le remords de s'être d'abord trompé de rencontre. On ne sait pas quand on va se quitter. Ils se lèvent à Opéra. Trois ou quatre stations, un trajet dérisoire et suffisant pour se dire que l'on s'aime.

Guignolet ou rien !

Le pire, c'est « Champagne ! ». Toujours un peu malotru de refuser. La bouteille trempe dans ses glaçons fondus sur la table basse, et le seau argenté relève d'une esthétique de mariage. La mise en scène appelle l'assentiment, un haussement de sourcils qui va dire sans mots : je serais bien difficile !

Un verre de vin ? Ce fut longtemps très parisien, une façon sophistiquée d'aller au simple, à l'énergie tannique – en fait, un mépris à peine déguisé, moins destiné aux apéritifs traditionnels eux-mêmes qu'à la convention jugée sirupeuse du choix Martini, porto, Suze, whisky…

Et puis il y a ce jour-là. Chez des amis qu'on ne connaît pas encore très bien – c'est la première fois qu'on dîne chez eux. Ce n'est pas une invitation préméditée – on devait juste aller à un spectacle ensemble dans l'après-midi. On a traîné un peu, et l'invitation est tombée comme ça, dans cette petite bulle de liberté qui peut venir ou pas, cela tient à presque rien : un silence, un regard, un bien-être esquissé.

Apéro ? Ah oui, pourquoi pas, on est enclin à se laisser porter, à tout accepter.

– Mais je vous préviens, c'est Guignolet ou rien !

Pas ordinaire, ce Guignolet ou rien. Ça fait des lustres que l'on n'en a pas bu. On pensait même que ça n'existait plus. Avant même de voir arriver la bouteille, on retrouve pourtant en mémoire l'idée sucrée de la cerise, alcoolisée juste ce qu'il faut pour ne pas sembler doucereuse. Oui, le Guignolet on trouve ça plutôt bon, étonnamment désuet – un petit péché de vieille dame solitaire. Mais beaucoup plus que la boisson, c'est la formulation qui vous enchante. Ici, c'est Guignolet. Une proposition un peu baroque, discutable, les inviteurs le savent bien.

Mais c'est comme ça. Vous entrez vraiment dans notre vie, pas obligé de suivre, mais gentiment bousculé. On ne vous offre pas le meilleur, mais ce qu'on aime bien, dans le mouvement. On ne vous offre pas pour autant le fond de notre singularité – et cependant… Ce rouge sombre de province, de jardin de curé, n'est pas sans résonance. Vous prendrez l'apéro ? Si la réponse est non, on ne sera pas offusqué. À vous de mesurer l'enjeu. C'est Guignolet ou rien.

Il pleut de la lumière

La ville de Provence a gardé la chaleur estivale. Ici, le ciel est bleu depuis trois mois. Est-ce le mot *septembre* qui fait son œuvre mentale, ou bien la brume légère, évanouie déjà au cœur de la matinée ? Mais en bas, sur la petite place du marché, il y a des figues mauves, serties dans des panetons frêles de balsa. Aux terrasses des cafés, tout autour, les serveurs ne descendent plus les bannes, on ne cherche plus l'ombre, le soleil est sucré, doux comme une confiture d'abricot, avec quelques amandes.

Mais c'est au-dessus que ça se passe, sur la pierre blondie de ces hôtels particuliers si faussement austères, si délicatement dix-huitième. On a ouvert les hautes fenêtres aux boiseries peintes en vert pâle. On n'y décèle pas les secrets d'une aristocratie dédaigneuse, mais la voix d'un professeur qui fait son cours. Toute une adolescence est close là, attend que ça finisse, ou bien que ça commence, donne sa volupté à la texture des cahiers. L'oreille des lycéens entend la rumeur du marché ; le regard s'échappe entre deux vitres, mêle au premier cours d'anglais ce tremblement du haut des murs, du bord des toits. C'est juste un peu de vent qui joue entre les branches des platanes, ocelle les parois.

En terminale, le cours dans quelques jours traitera du vrai programme, la vie contemporaine, les États-Unis. Chaque année cependant, le professeur aime bien commencer avec ce poème de Keats :

« Autumn. Season of mists and mellow fruitfulness. »

Ici, bien sûr, la rentrée c'est encore l'été. Mais les regards sont aimantés, tout change sans changer. Il pleut de la lumière.

Les eaux troubles du mojito

On fête la convivialité de se retrouver en terrasse, de parler sans restriction. Prendre un cocktail, c'est chaud. Il y a souvent des couleurs d'îles, des rouges tropicaux, des saveurs de noix de coco, un petit côté soleil Club Med à boire au deuxième degré, en se moquant de sa propre soif, d'une gourmandise enfantine que le rhum va créoliser.

Et puis il y a le mojito. Trrrrrr ouille ouille ! Le mot est sud-américain. Mais on attend bien autre chose. On a beau continuer à suivre la conversation, feindre l'indifférence, quand le serveur dépose le verre sur la table, on sent qu'une aventure commence.

C'est tellement pervers, tellement trouble. D'emblée, une invite à plonger, à s'embarquer vers des fonds sous-marins qu'on aura bien du mal à maîtriser. On va nager à la recherche d'une épave, peut-être, ou bien pour caresser des algues étranges, qui veulent emprisonner ou caresser, l'équivoque est tentante.

Le mojito, c'est à la fois opaque et transparent. Dans les verts, bien sûr, mais dans les noirs aussi, avec des zones un peu plus claires à la surface et des mystères insondables tout au fond de l'apnée. On y trempe les lèvres, surpris de cette fraîcheur qui sait prendre les oripeaux d'une moiteur de marigot. Tout cocktail impose une consommation lente, entrecoupée de pauses, d'abandons et de retours. Avec le mojito, on ne domine rien. La dégustation devient fascination, et c'est lui qui commande. Le plus étonnant est cette persistance du sucré dans une mangrove aux tons si vénéneux. On se laisse pénétrer par une fièvre froide, on s'abandonne. Au bout de cette errance glauque on sait que vont venir une chaleur, une euphorie. Mais il faut dériver dans la forêt feuilles de menthe, ne pas craindre de s'engloutir, abandonner l'espoir de la lumière. Nager toutes les transgressions, se perdre, s'abîmer, chercher infiniment, descendre. Alors montera le plaisir.

Vive le quorum !

Il pleut. C'est au diable vauvert, dans un quartier très chic et froid où l'on ne va jamais. Cabinet de gestion immobilière, une réunion de copropriété. La plaque sur le mur fait, elle aussi, dans le cossu et l'installé. La lourde porte est entrouverte, et dans le hall une employée conciliante et blasée vous indique l'escalier monumental et moquetté, c'est au premier.

En haut, on pourrait hésiter, mais on entend une conversation. On ne peut pas dire que l'on soit accueilli en triomphe. Dans la salle, la cinquantaine de chaises grêles dorées, style Napoléon III préfabriqué, paraît bien conséquente. On sera huit. Accoudé au long bureau feutré de vert, l'homme des lieux bavarde avec un couple entre deux âges. Comme toujours dans ces cas-là, la convivialité des propos qui vous excluent se renforce à votre approche. Vous savez déjà que lorsque vous aurez manifesté votre présence, la chaleur partageuse va décliner. Lui succédera un long silence, plus conforme au peu de profondeur des liens qui unissent les assistants. Un petit coup de vent se lèvera cependant avec l'arrivée de l'architecte, qui connaît bien les lieux, et mieux encore maître Machin. Entre eux, il sera question d'un devis pour l'assainissement de la cour, puis chacun plongera dans ses papiers, et le silence reprendra ses droits. Trois hésitants nouveaux suivront, s'installeront à distance. Enfin maître Machin relèvera la tête :

– J'attends encore M. Truc. Madame Untel m'a fait part de son impossibilité de venir. Mais elle lui a donné son pouvoir.

Dix minutes de rien parfait vont suivre. À la gêne se substitue bientôt l'impatience, avec des croisements de jambes et des petites toux. Maître Machin perd de sa superbe et de son impavidité :

– Malheureusement, je crois que nous n'allons pas atteindre le quorum.

Pas le quorum ? Les présents se récrient. Aucune décision possible ? On est venus pour rien ?

Pour rien ? Et alors ? C'est incroyable comme on retrouve vite une mentalité d'adolescent frondeur. Bien sûr, on a traversé toute la ville. Bien sûr il faudra revenir. Bien sûr il est trop tard pour planifier un nouveau projet de soirée. Et cependant… S'arracher dans l'instant à toutes ces officialités gourmées, à ces rapports si convenus et si antipathiques, donne en quelques secondes une allégresse délicieusement coupable. Et puis maître Machin a l'air si dépité. On va dévaler l'escalier monumental le cœur léger. Vive le quorum !

Les contre-jours du Luxembourg

C'est peut-être aussi à cause du nom, de sa cadence, de ses connotations les moins conscientes. Les trois syllabes *Luxembourg* ont quelque chose de précieux et de fermé. On dit *le jardin*, mais c'est avant tout un espace mental qui tient à distance, par son présent et son passé. On y joue aux échecs, mais le rituel concerne seulement des initiés farouchement désinvoltes, dont on ne croise pas les yeux. On y joue au tennis, et souvent plutôt mal – le moniteur a un peu honte et semble s'ennuyer. On y joue à la pétanque, et plutôt bien, mais sans faconde marseillaise. On y prend le soleil si goulûment autour du grand bassin, penché en arrière dans les fauteuils verts sombre, au dos très incliné.

Comme aux Tuileries, il y a là trop de sable, une sécheresse qui reproche la volupté. On le sent bien, l'esprit du Luxembourg est à cueillir dans ses lisières, la courbe des allées jardinières, la profondeur des frondaisons. Bien au-delà du kiosque, et même du verger aux exploits horticoles impitoyablement répertoriés.

Il faut que l'ombre invente sa lumière, une écharpe miellée qui nimbe les contours, insaisissable et douce. Là, la poussière vole, blonde, tantôt presque à toucher, tantôt comme une aura lointaine et médiévale, dans l'horizon si proche et si flottant. C'est le matin ou c'est le soir – mais non, le secret n'est pas là, le plein midi peut nuancer aussi le contre-jour. Moins qu'au soleil penché, le mystère doit son pouvoir à tous les pas qui ont flâné dans les recoins les plus secrets, à des fatigues, des mélancolies, des espoirs en suspens, des quarts d'heure perdus et des heures de presque ennui. Alors, si l'on n'attendait rien qu'un peu de repli, de silence, alors si l'on penchait vers un oubli de soi, on pouvait, on pourrait recevoir comme en récompense, en transparence, cet éclat de passé volant dans la minute pure, tellement égotiste et tellement civilisée – le contre-jour du Luxembourg.

La mémoire de l'oubli

Elle est depuis quelques jours dans cette unité alzheimer de la maison de retraite. Il faut un code pour sortir. Elle ne peut pas s'échapper. Elle n'a pas envie de s'échapper. Elle est aveugle. La première nuit a dû être horrible. Des tâtonnements à l'infini contre les murs. Des détails humiliants, bien sûr. Le jour, ça va un peu mieux. Une aide-soignante lui donne le bras pour marcher inlassablement dans le couloir. Elle a encore de bonnes jambes. L'infirmière dit :

– Ça va, elle est gentille. Un peu agitée aujourd'hui. Je vous laisse vous en occuper.

Et plus fort, se tournant vers elle :

– Vous avez de la visite !

Un peu agitée, oui. Folle d'angoisse, plutôt. Elle dit qu'elle est perdue, qu'elle ne reconnaît plus rien. Elle demande :

– Et toi, qui es-tu ?

On lui dit que son mari est dans une autre chambre.

– J'ai un mari ?

– Oui, un mari qui t'aime beaucoup. Vous avez très longtemps vécu ensemble. Il y a des photos de toi dans sa chambre, il les regarde souvent.

– Oh, il a des photos de moi ? Tu crois que je vais pouvoir le rencontrer ?

– Oui, je t'emmène près de lui. Vous pourrez écouter de la musique ensemble, l'après-midi.

Elle sait ce que c'est d'avoir un mari. Elle sait ce que c'est d'être aimée. Elle sait ce que c'est d'avoir des photos. Elle est heureuse de venir s'asseoir près de cet homme dont elle n'avait plus la moindre conscience cinq minutes auparavant. Elle fredonne l'impromptu de Schubert, et on s'étonne de cette incroyable mémoire des mélodies, des chansons.

Son visage s'est détendu, est devenu presque radieux, extatique. Comment peut-on ne pas être très mal, lorsque l'on peut encore être aussi bien ? À quoi sert cette angoisse qu'elle retrouvera dans sa chambre avec le soir ? Elle va se rappeler qu'elle a perdu quelque chose, elle ne saura pas quoi. On dit « C'est un enfer ». Mais il n'y a pas de mot.

J'aime bien cet endroit !

Dans le matin ensoleillé de ce début d'hiver, ça commence dynamique. Ils courent vers vous sur la place du rendez-vous, anorak et passe-montagne, les joues rouges et les yeux brillants. Première fois qu'on les emmène au Salon du livre jeunesse de Montreuil. L'aîné sait déjà lire. Mais à quatre ans, le plus jeune est seulement en maternelle bien sûr, moyenne section à l'école Pivert. Depuis l'été, il dessine des lettres sur des pages blanches, méticuleux et concentré. Il les assemble et demande ensuite ce qu'il a écrit. Au début cela le faisait rire, ces mots imaginaires qu'il avait tracés sans le savoir. Mais on sent à présent qu'il trouve ça moins drôle, et qu'il brûle sans l'avouer du désir de lire comme son frère, en épelant le monde au lieu de l'inventer.

Qu'importe. On lui a dit qu'il y avait tant et tant de livres magiques au Salon de Montreuil, des albums presque sans texte où seules comptent vraiment les images, des livres à déplier, et des spectacles, des conteurs. Il a un petit sac à dos avec des sandwichs au saucisson et de l'eau minérale.

Dans le trajet en métro, il est moins loquace qu'à l'accoutumée, échange de temps en temps avec vous un regard brûlant. On lui fait signe de la main : plus que quatre stations !

Et voilà. On descend à Robespierre. Il grimpe l'escalier avec une vigueur de montagnard. Tout en haut, la voûte découvre un paysage de presque après-guerre. Juste en face, un pan de mur incendié, entre deux immeubles crapoteux. Sans doute est-il le premier à s'exclamer ici, avec un lumineux sourire : « J'aime bien cet endroit ! »

Brocanteur d'un jour

Vraiment, on ne les envie pas. Dans les grandes foires aux antiquités-brocante, les vendeurs ont l'air de s'ennuyer. Ça fait partie de la stratégie, on le sait bien. Ils ne semblent pas avoir envie de vendre, et c'est censé donner envie d'acheter. On sent que leur bon moment, c'est la petite bouffe de midi avec des collègues, coin de table saucisson et coup de rouge au milieu du mobilier Louis XVI et des tapis persans, avec des anecdotes tu sais quoi, Patrick s'est fait berner par Michel.

Non, ce qui est bien, c'est de tenir soi-même un étal de vide-grenier une fois dans l'année, dans son quartier, dans son village.

C'est drôle, les rapports entre les humains. Ça tient à si peu de choses. Des gens que l'on connaît de vue, que l'on croise, à qui on ne parle jamais. Et là, tout d'un coup, par la médiation d'un objet, un livre, un tableau, une lampe, un jouet, cela devient facile. Au départ, on reste dans le simple échange marchand, oui oui, la grue fonctionne, il faut juste mettre des piles. C'est comme une clé. Chacun y gagne le droit d'abandonner cette part de pudeur et de timidité qui gèle d'habitude. Oh, on ne se livre pas des propos intimes ! Mais quand même, on évoque sans effort des moments avec les enfants, des jugements sur l'évolution de la vie. De fil en aiguille, on se découvre des connaissances communes. Si c'est l'heure de l'apéro, on propose un verre de rosé. Accepter n'engage à rien. C'est le vide-grenier. Un monde à part, où l'on préserve une philosophie baba cool qu'on croyait disparue. Une clairière. On voudrait que ce soit toute l'année comme ça, mais une journée par an, déjà, c'est bien.

La Marque Jaune

On le sait, la fin des Blake et Mortimer devient lourdement bavarde. Les phylactères prennent du volume, nuages envahissant les atmosphères, et le dessin rétrécit. Pourquoi aussi cet irrépressible besoin des mauvais, qu'ils se nomment Olrik ou Septimus, de se lancer dans d'infinies explications, quand ils tiennent à leur merci le capitaine Blake ou le professeur Mortimer ? Mais cela doit se passer ainsi. Triomphateurs pervers, les âmes damnées appuient là où ça fait mal, détaillant et vantant leurs ruses, leur finesse. Mais cette autosatisfaction se double étrangement d'un aspect confessionnel. Ils justifient leur attitude satanique en revenant aux sources du mal, et semblent guetter dans l'œil de leurs prisonniers une admiration muette, mais aussi une forme d'absolution. On le sait, ils parlent trop, et tout ce blablabla précipite déjà leur défaite – les forces du bien progressent en secret.

Non, ce n'est pas pour ce dénouement prévisible que l'on reprend *La Marque Jaune*, bien serré dans les draps, juste avant de s'endormir. Et pas non plus pour la fuite ultime d'Olrik, que l'on retrouvera nécessairement dans tous les autres tomes, comme l'Axel Borg des aventures de Lefranc.

Ce qui compte, ce qu'on aime, c'est la première page. La tour de Londres noyée sous une pluie diluvienne. Big Ben vient de sonner une heure du matin. Le premier cartouche indique que la pluie tombe depuis deux jours. Des murailles oppressantes, quelques branches d'arbres noires dénudées. Une lampe-tempête portée par le dernier soldat éclaire faiblement le groupe martial et transi du « Royal Fusiliers » qui fait sa ronde, et passe sous l'arche de Bloody Tower.

Et puis la porte du corps de garde s'ouvre. À l'intérieur, des militaires en tunique rouge jouent aux cartes et, goguenards, accueillent leurs collègues frigorifiés en leur promettant du thé chaud. On est au cœur du corps de garde, où l'on évoque les exploits insolents de La Marque Jaune. Sur la dernière image, la coupure d'électricité saluée d'un « Goddam » impuissant et terrifié nous dit déjà que les joyaux de la Couronne sont en péril.

On aime ce danger, cette pluie incessante qui fait si bonne la chaleur de la chambre. On ne va pas aller plus loin. Laisser tomber l'album à terre, et s'enfoncer dans le sommeil, troquer tous les soucis contre une terreur délectable, remonter la couverture comme si l'on devait s'abriter du déluge et du rire sardonique d'une silhouette insaisissable, en haut des tours. La nuit, la peur, Bloody Tower.

Les virtuoses du passage

Dans la salle des pas perdus, on a mis un piano. Il y en a un dans toutes les grandes gares parisiennes désormais, mais on ne sait jamais comment ça marchera. À la gare du Nord, l'autre jour, une femme d'un certain âge a posé sa valise tout près d'elle, et puis a joué, très appliquée, *Jésus que ma joie demeure* avant de replonger dans la foule, consciente que personne ne s'était arrêté pour l'écouter. Elle est partie la valise à la main, sans regard périphérique, aux lèvres un petit sourire de gêne ou de contentement.

À Saint-Lazare, le niveau des joueurs est presque toujours excellent, dans des registres très variés. Des gens interrompent leur trajet quelques minutes et créent ainsi un cercle infiniment renouvelé. La queue pour les burgers, c'est autre chose.

Pianistes de tous âges. Pendant que l'un joue, deux ou trois autres attendent debout près de l'instrument, appuyés à la balustrade. Ils ne manifestent aucune impatience, marquent le rythme de la tête pour le ragtime, ébauchent une moue approbative devant le déferlement virtuose d'une valse de Chopin, saluent d'un air de connivence la mélodie jazzifiée d'un thème de musique de film.

On aime aussi ce compagnonnage courtois des joueurs qui se succèdent, se disent un mot sympa juste en se relayant, partagent la jubilation et les rêves envolés – la vie.

C'est très finement civilisé, cette attente des pianistes, ils savent que leur tour viendra – cela se décide au feeling, à peu près un quart d'heure par prestation, ils peuvent rejouer après s'ils ont le temps. Ils ont le temps.

Ils ont failli en faire leur métier, ils auraient pu, ils ont manqué d'un peu de chance, de singularité dans le talent, de pouvoir travailler. C'est étrange. La salle des pas perdus flotte autrement. Si l'on écoute plus longtemps, on voit ce qu'on ne voyait pas, les vitraux préservés dans les tons bruns, en haut du mur : Rouen, Le Havre, Dieppe, Deauville. On voit tout le plaisir du pianiste à l'aise devant son clavier, jouant pour des spectateurs infidèles – mais quand même arrêtés dans l'élan du trafic, et ces secondes dérobées sont belles.

Tango sur Seine

Quai Montebello, les soirs d'été, quand on est resté assis en tailleur longtemps après le pique-nique, pour voir le soleil descendre entre les tours de Notre-Dame, on se dit que le meilleur est déjà pris. Pourtant une rumeur de musique indécise vous pousse à flâner davantage vers l'est, le square Tino-Rossi. Un cercle de lumière se découpe alors dans le bleu de la nuit, et l'on entend des accents, des rythmes sud-américains. Oui, là, en contrebas, on danse le tango.

Ce qui fascine d'emblée, c'est le sérieux. Les visages pénétrés, ou tendus d'application, mais tous également concentrés, comme s'il y avait un enjeu, une volonté d'être à la hauteur. C'est après seulement que l'on commence à déchiffrer le langage des corps. Visiblement, ce n'est pas simple. Sur les langueurs et les reprises musclées de l'accordéon, les couples glissent en ondulations sophistiquées, sans un regard vers le partenaire. Sans la moindre inflexion de tête vers les couples voisins, pourtant si nombreux. Sont-ils équipés d'un radar, comme les chauves-souris ? Ondoyant comme des poissons, aucun heurt, à peine un frôlement. Le bocal garde sa fluidité magique. Le moindre accident de circulation semblerait une profanation du temple voué au dieu Tango.

Un bras levé devant eux, la main dans la main de l'autre, les danseurs obéissent à un rite d'érotisme sublimé. Car en dessous, les hanches se déhanchent, les jambes se croisent dans une complexité qui ne dissipe en rien l'audace de la gestuelle. Souvent, une femme jeune avec un cavalier plus âgé. Les mâles sont rares, et plutôt entre deux âges. Le drame n'est pas loin, l'étreinte codifiée n'en est pas moins brûlante, peut-être plus lascive encore de tant de retenue – comme si le respect scrupuleux des pas empêchait de tomber tout à fait dans le brasier.

Le vent vient de la Seine, un peu plus frais. C'est étonnant. Après avoir failli se consumer dans la passion, les danseurs se saluent, se quittent poliment. Marinella s'éloigne du square Tino-Rossi, s'enfonce dans la nuit argentine de Paris.

Au troisième balcon

– Non, je suis désolée, c'est complet. Ou alors…

On le savait. Si difficile de se procurer des places pour admirer Michel Bouquet dans *Le roi se meurt*. Mais il y a ces points de suspension dans la voix qui hésite.

– Éventuellement, le 22 décembre, j'aurais deux places séparées au troisième balcon. Mais je préfère vous prévenir : c'est très étroit !

Le 22 décembre on voit. C'est très étroit. On a du mal à glisser ses jambes de travers contre la rambarde. On est au bord du vide, et le moindre coup d'œil sur le public de l'orchestre en contrebas donne le vertige. La main courante semble si basse… Le théâtre est certes à l'italienne, mais dans des proportions bien restreintes, et tout en hauteur. Si près du toit, on se sent comme coupé de la réalité du lieu, en marge. En bas ça bruit, ça parle fort, ça s'ébroue. Aucun regard ne se lève sur les exilés du troisième balcon.

Mais quand l'obscurité se fait, l'isolement devient succulent, tout à coup. C'est presque fantastique. On n'a pas du tout l'impression d'assister à un spectacle. Ce crâne si petit, juste en dessous, est-ce bien celui de Michel Bouquet ? Difficile de l'associer au visage que l'on a vu dans les films, à ces lèvres si minces, ce menton si particulier, ce regard si vif. Au bout de quelques minutes, on commence à se sentir privilégié de prendre tant de distance avec l'idée de Michel Bouquet. Si l'on était à l'orchestre, on porterait sur lui un regard confortable, mais le texte de Ionesco se mêlerait aux souvenirs qu'on a du comédien. Son immobilité de roi ionescien se mêlerait à tous les gestes qu'il faisait dans *La femme infidèle* ou *Le promeneur du Champ-de-Mars*, à cette gêne que le comédien instille dans ses rôles – ce côté vieux garçon dérangeant et pervers, se tamponnant le front avec un mouchoir pour essuyer une sueur mauvaise.

Rien de tel au troisième balcon. On ne possède qu'un Michel Bouquet vu d'avion, une quintessence. En tendant l'oreille on reconnaît cette voix, qui se concentre sur le personnage. Au fond du puits, une alchimie se crée. Impossible de ne pas penser à la chance que l'on a de voir Michel Bouquet dans *Le roi se meurt*, puisque l'on est si près de ne pas le voir du tout, ou de voir autre chose. Il faut tant se ramasser, se pencher en avant, se concentrer, faire effort, que l'on reçoit en retour une bulle de théâtre pur, débarrassée de tous les rites sociaux contingents, de toute la bourgeoisie. On pense à la phrase de Roland Barthes : « Dans chaque tragédie de Racine il est question d'une flotte dans un port, comme pour attester que sa négation est proche. » *Le roi se meurt* que l'on a failli ne pas voir, que l'on voit autrement, que l'on voit mal, c'est haut, c'est fort. Il faut tout vivre au troisième balcon.

Les réponses de Monsieur Hulot

Se réveiller à l'aube, fin juillet. Tout dort dans la maison de vacances. S'habiller lentement, ne rien heurter, glisser comme une ombre. Ouvrir la porte si doucement, avec une moue pour le raclement du bois sur le sol, tout à la fin. Se retrouver dans les rues désertes de la station. Plus d'une heure avant que le boulanger n'ouvre sa boutique, avant d'acheter le journal. Sur la petite place, s'approcher du manège tendu d'une bâche de plastique transparente. Un peu flous, un peu gris, la locomotive, le camion de pompiers, le dalmatien et le Mickey ont une immobilité si sereine, et semblent déguster l'absence de la bande-son qui n'a pas changé depuis trois ans – le rêve bleu d'Aladin et ce remix de Sabine Paturel, j'ai tout mangé le chocolat j'ai tout fumé les Craven A. Entre les bars et les restos fermés, la rue monte tranquillement vers la mer. La statue de Monsieur Hulot est là, dominant la plage, le buste penché en avant, mains aux hanches. Une posture qui interroge moins la baie de Saint-Nazaire que la suspension du temps.

C'est bon de passer ses vacances ici, dans le décor à peine transformé du film qui éternise les vacances. Deux adolescents, jambes nues mais encapuchonnés dans une veste de survêtement, la canne à pêche à la main, gagnent la jetée où la petite dame du film s'extasiait sur les bateaux pendant que son mari suivait à distance, impénétrable et soumis.

Le sentier des douaniers à peine emprunté, on se retrouve sur une esplanade, jeux pour les enfants, terrain de pétanque et table à pique-nique très convoitée – devant la mer. C'est là que le personnage de Tati jouait au tennis, écœurait tout le monde avec son service mécanique. Au loin, un cargo bicolore chargé de containers s'éloigne vers l'horizon, croise un chalutier aux quinquets allumés qui rentre au port.

On ne peut s'empêcher de chercher les traces de Monsieur Hulot, comme si son silence dégingandé donnait toutes les réponses. Oui, la vie est une comédie légère, avec des gags, beaucoup de ridicules sociaux et de la solitude. Oui, les gens se dévoilent et ne commencent à s'aimer qu'à la fin, comme dans les pièces de Marivaux. Oui, l'été se ressemble. Oui, le matin la vie est neuve ; si bonne à boire quand on se lève le premier. On marche, on regarde la mer, on attend le café. On fait son film.

Elles savent

Elles vont parfois très vite, et c'est encore meilleur. Certaines parviennent à nouer leurs cheveux en conduisant. Elles lâchent quelques secondes le volant, balancent la tête dans un geste d'autosatisfaction si voluptueusement féminin. Leurs cheveux obéissent, et volent vers l'arrière. Alors, elles écartent les coudes. En quelques secondes, le nœud est fait.

C'est bien, ce moment où elles dégagent la nuque, poitrine haute, les mains si sûres. On a l'impression qu'elles font ça dans l'intimité la plus complète, sans savoir qu'un regard pèse sur elles, mais au fond on n'en est pas si sûr. C'est si valorisant, si parfait, ce petit scénario. Les coudes écartés donnent à la fois le sentiment d'un hiératisme distant et d'une provocation très consciemment distillée. Un coup d'œil dans le rétroviseur, elles se contemplent en une fraction de seconde. On aime qu'elles s'aiment, au point de vouloir être belles pour elles.

Mais comme par hasard, on les a vues. L'équivoque est délicieuse. Savent-elles qu'elles sont regardées, ou seulement qu'elles pourraient l'être ? Tout le mystère est là. La deuxième solution reste la plus probable, et la plus souhaitée. Si le geste preste prend l'allure d'un cérémonial, la sensualité gagne une forme d'absolu.

Parfois, elles nouent leurs cheveux dans une salle de café, ou sur la plage. Elles ont le temps de préparer une épingle, et elles la gardent pincée dans leurs lèvres pendant qu'elles disciplinent leur coiffure. Il y a alors un joli décalage entre l'expression de leur bouche, tendue dans une moue presque grimacière, et la solennité royale de leur port de tête, de leur offrande à l'espace.

Rien de naturel dans tout cela. Elles font ce qu'elles veulent de leurs cheveux, et plus encore de nous, prisonniers éblouis. Elles savent.

Seul !

Il faut bien le reconnaître, on n'est pas au mieux de ses dispositions mentales. Plusieurs contrariétés ont émaillé la journée. Mais quand même, on sait que le soir on doit aller à l'Olympia, voir ce chanteur qu'on aime bien – enfin, dont on apprécie vraiment cinq ou six chansons.

Cela paraît difficile à croire, mais le spectacle à peine commencé, alors qu'on pensait pénétrer dans une empathie facile, on trouve ce type insupportable. Alambiqué, si agaçant dans toutes ses transitions. « C'est une chanson qui est née comme ça, un jour de pluie, à regarder dans la rue par la fenêtre. » Moult précisions biographiques suivent, une vraie petite histoire qui n'a rien de bien passionnant, et, pour conclure : « Elle s'appelle… » Et la voix du chanteur devient d'une neutralité ostentatoire pour citer le titre de son tube le plus connu.

Le public, ce personnage veule qui aime être mené à la schlague, réagit avec l'enthousiasme escompté. Du coup, on trouve le public complaisant et le chanteur très snob. On a l'impression d'être tombé dans un étouffant traquenard. Difficile de continuer à applaudir, même du bout des doigts. On met une certaine mauvaise foi à faire monter en soi l'horripilation contre le manipulateur et les manipulés.

Et puis cela vient comme une illumination. Après tout, pourquoi ne pas s'enfuir à l'entracte ? Et c'est ce que l'on fait, sourire aux lèvres. Dehors on respire, on va boire une bière en terrasse. C'est merveilleux. On ne s'est jamais senti aussi libre, aussi léger. Quel bonheur de ne plus avoir à communier dans une ferveur trop prévisible ! Les passants sont sympathiques, si différents de la foule qui s'entasse dans le music-hall en perdant tout esprit critique. C'est comme lorsque, enfant, on venait d'annoncer une mauvaise note à ses parents. Délivré. On se détache, on flotte. Il n'est pas si tard, après tout. On part marcher au hasard dans Paris. Là-bas, à l'Olympia, ils doivent continuer à encenser. Que c'est bon d'être seul !

Bruges la morte

Bruges est un livre. On s'y promène le long des canaux, de préférence au mois d'octobre, quand la rousseur des feuilles se mêle à tous les gris, aux derniers soleils tièdes. Petites maisons de Dieu si blanches et minuscules qui chaque année disparaissent un peu plus, enclos du Béguinage et puis du Miroir d'eau, et silence encore davantage sur les quais déserts, après la statue de Van Eyck. Plus de sabots, de roues de fiacres, et même plus de carillons aux refrains étonnants. Alors la poésie de Bruges efface le tourisme, l'opulence des autochtones, et la réalité devient reflet. Oui, c'est un livre qui devrait sourdre de cette perfection mentale – la pierre semble faite pour les mots.

Et puis un jour, sur le quai Vert, on passe devant une échoppe de livres anciens, et l'on voit aussitôt dans la vitrine un volume jaune, fatigué. Georges Rodenbach. *Bruges la morte.* Bien sûr, on connaît ces mots-là. Mais c'est au cœur de Bruges que l'on achète cet opuscule défraîchi, où selon le vœu de l'auteur sont reproduits des clichés noir et blanc illustrant le récit.

Bruges la morte. Un titre imparable, à prolonger longtemps avant de glisser dans les pages. Bruges la morte, immobile comme dans les tableaux de Khnopff – un pan de mur de l'hôpital Saint-Jean, une femme si pâle et provocante réfléchie dans le verre bombé d'une sorcière. Le début de la lecture confirme le mystère à coups de descriptions statiques et blessées. Mais vite, l'esthétique symboliste atteint ses limites, et plus encore le récit. La ville-femme devient femme, et meurt, puis renaît dans une illusion qui prend chair, et déçoit. Il faut se l'avouer : *Bruges la morte* est lettre morte.

Alors pourquoi cette satisfaction perverse ? Plus tard, on reprendra le livre, non pas pour y retrouver Bruges, mais pour gagner l'envie d'y revenir, de marcher dans l'idée d'un livre. C'est à la fois une tristesse et un très doux plaisir d'automne : savoir que la ville à écrire est celle que personne n'écrira.

L'aire de pique-nique

à Jean Rivet

C'est tellement abstrait, ces trajets d'autoroute ! Tours-Nord 12 km, Tours-Sud 27 km. Des lettres blanches sur fond bleu, mais l'idée de Tours compte moins que la densité des poids lourds sur la file de droite. On tient les 110 de moyenne, un repas rapide sur le pouce est prévu, puisque l'on veut arriver à Agen à l'heure du dîner. On va donc ignorer les restauroutes bondés, trop lents, si chers pour la qualité de nourriture proposée. Tiens, aire de pique-nique à deux kilomètres, il est treize heures, parfait. Pas de choix, aucune attente. On est dans l'efficacité, il y a quelques tomates et des œufs durs, en vingt minutes tout sera bouclé.

On se croit dans une parenthèse, un espace-temps à gommer. La disposition des lieux est des plus prévisibles. Quelques bancs, un vaste terre-plein goudronné, un îlot de verdure squelettique, quelques buissons côté campagne – tout est conçu pour qu'on ne soit pas vraiment là où l'on est, pas en Touraine, à peine en France. On ne salue pas les voisins les plus proches, dont on s'est écarté au maximum – de toute façon, ils sont néerlandais. On va manger debout, le dernier banc est pris.

Et très curieusement commence le bien-être, vient la poésie. Oui, même en mangeant une pêche, le corps penché en avant pour ne pas se tacher, et plus encore en faisant quelques pas, histoire de se dégourdir les jambes. L'asepsie du décor, le vide de l'instant installent à contre-emploi une sensation profonde d'exister. On voulait avant tout ne pas perdre de temps ; on est en train de le gagner, un curieux moment sans contours définis, sans préméditation. Trop de rien installe une réaction chimique qui nous dépasse. Il ne s'agit même pas de déguster vraiment l'œuf dur ou la tomate, le premier bourratif, la seconde sans saveur. C'est autre chose que du plaisir : plutôt le sentiment ravi d'être joué, contraint de rendre les armes. On ne possède pas le cours. On se sent si pénétré, habité au plus profond par ce réel qu'on croyait pouvoir mépriser. C'est complètement gratuit. On se laisse porter. On a bien deux minutes !

Joyeux Noël

C'est incroyable. On y est tout de suite. Dans cette brocante en plein air, au pied de la longue table où sont entassés des pantalons, des voitures miniatures plus ou moins d'époque, des poupées Barbie, la petite pile des exemplaires du *Journal de Tintin* coincés dans un carton n'attire que votre œil. Elle vous attend. C'est écrit sur la couverture de ce numéro 582, daté du 17 décembre 1959. Des lettres jaunes sur fond noir. Joyeux Noël. Qu'est-ce qu'on retrouve là, plus de cinquante ans après, avec ce numéro qui n'a pas de prix ? Tout. On est exactement le même. Chaque lettre de cette couverture coule dans notre sang. Sans le savoir, on était devenu chaque détail de cette page.

L'extrémité d'une branche de sapin traverse le dessin. Une boule rouge y est accrochée. C'est là qu'Hergé est fort. Dans la boule, les personnages qui fêtent Noël sont déformés par la rotondité. Au centre de la scène, le visage du capitaine Haddock paraît immense. La coupe de champagne qu'il tient à la main a remplacé son verre de whisky – on sent que pour Noël, il est prêt à tous les sacrifices, même à chanter un cantique en lisant le texte sur la feuille que tient Tintin. À sa gauche, Tournesol, les yeux fermés, est tout entier pénétré par l'énergie du chant. En fond de scène les Dupond(t) semblent consternés par la production vocale du savant sourd. On se rappelait chaque détail, et même la matité du papier, que l'on effleure avec bonheur. *Le Journal de Tintin*, qu'on achetait chaque semaine. C'était bien, ce rite hebdomadaire. Le bonjour à M. Rousseau, le buraliste, et en même temps le regard qui file là-bas, juste à côté des *Mickey* et des *Spirou*. À neuf ans, une semaine d'attente est presque un infini. On restait longtemps sur la couverture, comme si on n'était pas pressé de lire les histoires à suivre. Mais c'était une façon de tout rendre plus intense, comme au café, quand on attendait que les adultes aient fini leur verre pour déguster son diabolo menthe. Pourtant, dans le journal, les scénaristes savaient jouer avec nos nerfs. Ainsi, pour la dernière page de ce numéro 582, un nouvel épisode de *Tintin au Tibet*. Sur l'ultime vignette, Haddock et Tintin portent Tchang à flanc de montagne. Au premier plan le yéti les regarde, caché derrière un rocher, triste de voir son petit compagnon revenir à la civilisation.

On est là, si longtemps après. Le sourire qui vous vient aux lèvres est celui du temps qui n'existe pas.

Tout le contraire de la nostalgie. On est resté entier, rond comme la boule rouge de Noël, pareillement ébloui. On n'était pas pressé de tourner la première page, et on ne l'est pas davantage.

– Ils sont à combien, les *Tintin* ?

Croquer un navet

Ça n'est jamais prémédité. On ne se dit pas : « Tiens, je vais prendre un navet dans le réfrigérateur et l'éplucher pour le manger cru. » Croquer un navet, c'est d'abord un vol. Les légumes épluchés sur l'égouttoir de l'évier ont une telle perfection ! Poireaux, pommes de terre, carottes, navets : ils ont tout oublié de la terre, perdu jusqu'à leurs desquamations les plus imperceptibles. Ils sont nus, éclatants et toniques, comme des bébés frais. On a bien la mémoire d'avoir planté ses dents dans une pomme de terre crue, et d'en avoir éprouvé une sensation désagréable, tellement farineuse et amère. Même chose pour l'acidité cartonneuse des feuilles de poireaux. Le désir se focalise sur les seules proies possibles : carottes et navets. La carotte épluchée est très tentante, plus qu'orangée, d'une tonalité suave, presque coralienne. Coupée en long, elle offre des frontières, des structures de flamme. Peut-être un peu trop dure à l'incisive. Et puis on peut l'engloutir sans remords, il y en aura toujours assez, et c'est cela qui fait préférer le navet.

Il est toujours le parent pauvre, réduit à quelques unités précieuses et menacées. Couronné de mauve, il avait un petit côté vieillot et rondouillard, idéalement conçu pour l'idée de la soupe. Mais passé à l'épreuve de l'épluche-légumes, il a gagné une blancheur immaculée. Comment un tel caillou poli pourrait-il avoir du goût ? Mais c'est le privilège du navet cru. Sa texture est idéale, juste assez de souplesse pour exalter le croquant. Inutile de chercher dans sa saveur une réminiscence de ses frères cuits, fades parfois jusqu'à l'écœurement, fondants jusqu'à l'évanescence, et d'un beige un peu sale. Le navet cru délivre en bouche un arôme légèrement fumé, une tonalité de noisette, quelque chose de secret qui semble aller à l'encontre de sa consistance.

On ne confirmera pas ce talent singulier. Impossible de voler un deuxième navet, le larcin deviendrait trop visible. On ne peut s'en gaver. Le navet se subtilise à l'heure creuse où la cuisine tolère les fraudeurs. Mais n'y revenez pas. C'est un plaisir en douce.

Le temps est une plage

On va au bord de la mer, souvent. Mais la plage est mentale. Elle pourra être un bord de lac, de fleuve ou de rivière. Le choix se sera rarement fait dans l'absolu, mais parce qu'on a là des racines lointaines, ici une tante accueillante, un cousin rassembleur, ou simplement une disposition intérieure à préférer la mer, ou la montagne, ou la campagne. Intérieure. Malgré la futilité des apparences, c'est bien au fond de soi que l'on va revenir. Il ne s'agira pas de « faire » la Patagonie ou le Kenya.

Non, les vacances d'été, les vraies vacances, c'est à la fois moins cher et plus sérieux. On ne cherche pas des sensations nouvelles, mais une liberté perdue, une part d'insouciance qui se rattache aux rites de l'enfance. Le temps n'est plus rythmé par les nouvelles mortifères des journaux télévisés, mais par la seule question qui vaille : fera-t-il beau ? On a mérité que le soleil soit là, que la chaleur décrispe, allège. Et l'on cherchera l'eau, bien sûr. La réverbération des paroles sur l'eau et l'éclat des plongeons sont les deux bruits de l'été en vacances. En contrepoint monte bientôt l'exclamation d'une grand-mère : « Pas si loin Mattéo, je veux te voir ! », mais l'inquiétude même est proche du plaisir. Avant, après, on fouille l'eau pour s'étonner de tant désirer la fraîcheur. On pêche ou on patouille, on piste la crevette ou le gardon, on construit des barrages. Ou bien on ne fait rien, on regarde les autres s'agiter.

Parfois aussi, et comme en contraste nécessaire, il faut un jour de pluie, il faut un peu d'ennui, des excursions et des K-way, des aquariums et des fromageries. Des choses *intéressantes* qui n'intéressent jamais vraiment.

Car ce qu'on veut c'est l'immobilité, le soleil retrouvé, la vie étale. Il y a de l'humilité dans cette façon de prendre son plaisir tout près des autres, et presque avec eux. On est de la même famille, celle des gens qui passent les vacances en famille, générations mêlées. On recule l'heure des repas, un peu d'ombre pour le pique-nique de la mi-journée, et cette délicieuse exaspération de la soirée, bien après l'apéro.

Est-ce qu'on est plus heureux ? Oui, sûrement, peut-être. On a le temps de se poser la question. Sisyphe arrête de rouler sa pierre. Et puis on a le temps de la dissiper, comme ce petit nuage qui cachait le soleil et va finir par s'effacer, on aura encore une belle soirée. Il faudra juste mettre un pull, apprivoiser l'éternité.

Les cadenas sont d'or

On a souri d'abord. Quelques cadenas disséminés sur le parapet du pont des Arts. Des initiales, une date gravée ou bien écrite au feutre indélébile, sur le métal. Une idée d'amoureux qui paraissait originale. Fixer dans le fer, sur l'acier, une promesse d'attachement éternel. Sur la Seine, qui s'écoule et ne tarit pas, loin du pont Mirabeau, de la mélancolie d'Apollinaire. Dans la lumière de Paris, où passent les passants à l'infini. On regardait sans regarder, on regardait l'idée, on souriait.

Puis en quelques années les cadenas ont envahi l'espace. Au pont des Arts, il n'y avait presque plus de place. On a commencé à en voir sur le pont Simone-de-Beauvoir, sur le pont de l'Archevêché. Au bout des ponts, des vendeurs à la sauvette ont installé le commerce. Il ne s'agissait plus de livrer à la fois une déclaration et un secret, mais de faire comme les autres.

Et vite la sonnette d'alarme a été tirée. Tout cet acier, c'était beaucoup trop lourd, des dizaines de tonnes. Certains pans de grillage se sont effondrés. Alors au pont des Arts ils ont dit stop. Sur celui de l'Archevêché, le parapet s'étouffe.

Pourtant, quand le soleil vient jouer sur le métal, c'est beau, les cadenas d'amour. Tous les messages contigus dessinent une barrière d'or, en arche sur le fleuve. Paris ne s'en plaint pas, Paris est la pierre philosophale. En cinq ou six années, beaucoup de ces amours se sont évanouies sans doute, mais c'est bien comme ça, la trace en est restée, dans la rumeur des voies sur berge qui monte vers les ponts comme une brume. Est-ce vraiment si lourd, de vouloir pour l'amour un peu d'éternité ? Les cadenas d'amour sont d'or, le soir ou le matin : il n'est rien de plus léger que la lumière.

Sourires au vol

Ils ne nous sont pas destinés. Ils naissent quelquefois sur le trottoir. Il y a le sourire du bonjour. Ils se croisent sans s'arrêter. L'un des salueurs poursuit son chemin vers vous. Pendant quelques secondes, il garde sur son visage un air illuminé, sans rapport apparent avec l'absolue brièveté de sa rencontre. Ils n'ont pas même pris le temps d'échanger un ça va, ça va. Rien qui semble justifier ce masque de bonheur flottant, comme si la vie était soudain très belle. Parfois, on a le temps de voir se dissiper cette exacerbation zygomatique. On est toujours surpris. En une fraction de seconde, plus la moindre trace de ce qui semblait un inextinguible enchantement, s'adressant à la fois à l'étal de l'épicier et à votre propre approche.

Dans le métro ou dans le train, il y a le sourire du texto. Bien sûr, on est voyeur de la personne concentrée sur son téléphone mobile, mais l'intrusion fait partie du jeu toléré, si le regard ne s'appuie pas, feint de continuer à parcourir un spectre de bon aloi. Sourire en recevant un SMS, cela paraît normal, presque banal. Mais sourire en l'écrivant, c'est donner à l'espace une texture différente. En opposition avec le tapotement fébrile, on saisit dans l'effraction une connivence virtuelle, expectante et différée, qui se met à planer dans la touffeur hostile du trajet. Blague, ou tendresse ? On ne saura pas le contenu, mais on envie la jubilation d'avoir à le transmettre.

Il y a aussi le sourire de ceux qui lisent, ou écoutent de la musique. Une petite lueur furtive qui accompagne une phrase, quelques paroles de chanson.

Tous ces sourires nés au hasard de la foule, dans la rumeur, l'anonymat. C'est de l'humanité patente, à peine dévoilée pourtant, une apparence d'abandon qui donne davantage de secret, d'éloignement. Et que l'on se sent un peu plus veuf d'avoir frôlé.

Place Constantin-Pecqueur

On n'a pas envie de savoir. Mais même si on apprenait qui était Constantin Pecqueur, ça ne changerait pas grand-chose. Au bout de quelque temps, les noms ne sont plus des noms de personnes, de pays, de fleuves, mais seulement des atmosphères.

Heureusement pour elles, Friedland, Eylau, Wagram ne sont plus des batailles sanguinaires et inutiles. Cela leur suffit bien de nommer le luxe cartonné, un certain bleu-gris, le froid de la fortune verrouillée.

Mais Constantin Pecqueur, c'est bien. On ne dit jamais place Pecqueur, mais Constantin-Pecqueur. Question de rythme, d'assise, de complicité surtout. Souvent, les gens connaissent. Ah ! oui, cette place un peu secrète, à peine inclinée, juste au pied de la Butte. Rien de tape-à-l'œil, même si on sait que c'est joli, tout près des rues plus populaires et quand même dans le « bon » dix-huitième. Un Paris vrai, bien difficile à définir.

Car même pour ceux qui ne savent rien du quartier, cela veut dire quelque chose. J'habite près de la place Constantin-Pecqueur. Tout de suite, une petite note de confidentialité et de respect. Habiter près de la place Constantin-Pecqueur, ce n'est pas faire le malin, mais s'immerger dans une sorte de faux anonymat. On nomme sans nommer. On vit sans déranger les autres, presque dans la rumeur globale de la capitale, et cependant dans le retrait. Constantin s'avance vers une familiarité enjouée, un peu coquette, mais Pecqueur rectifie aussitôt le tir, la porte est refermée. Ça pourrait être l'adresse d'un suspect dans un Maigret, dans un novembre cendré sourd. Je descends à Lamarck, ou je prends le 95, et ma vie ne fait pas de bruit. Juste à côté de la place Constantin-Pecqueur.

Il était une voix

La voix. Au téléphone, la voix seule qui dit tout des êtres, bien davantage que leur présence physique, car il n'y a plus cette dramaturgie – fût-elle infime – qui cache ce qu'on ne souhaite pas révéler. Au tout début de l'invention de l'appareil, la voix de la grand-mère du narrateur dans *La Recherche*, et cette certitude qui jaillit – elle va mourir ! –, que les jours partagés n'avaient su lui donner.

La voix qu'on cherche à retrouver en nous de ceux que nous avons aimés. Jamais leur voix dans l'absolu : seulement liée à certaines phrases, parfois les plus banales, mais dont la musique revenait souvent. Parfois cette douloureuse injustice d'entendre des voix qui nous étaient presque indifférentes, et l'impossibilité de redonner musique à celles que nous aimions le plus.

Et puis les voix qui ont gardé une forme d'éternité, la voix enregistrée des journalistes, des comédiens, des chanteurs, des hommes politiques. La voix de Philippe Noiret. C'est à l'extrême fin de

La vie et rien d'autre, le film sublime de Bertrand Tavernier. On voit l'acteur marcher dans les collines douces du Sud-Ouest, qui ont gardé quelques rousseurs en plein mois de janvier. Il a quitté son costume d'officier, dégoûté du pouvoir et de la folie des hommes, dégoûté de l'armée. On le voit marcher mains dans les poches, monter à cheval. Les bottes, le chapeau, la veste confortable lui donnent cette prestance enveloppée de hobereau qui restera dans nos mémoires.

Et l'on entend. Sa voix qui dit la lettre qu'il adresse à Irène, le personnage joué par Sabine Azéma. La voix de Philippe Noiret. Le timbre d'une plénitude chaleureuse, une fluidité grave de hautbois, comme un accord avec tout de la vie. Mais au fond de ce velours, il y a un éloignement, une mélancolie. Une mélodie qui semble tellement en harmonie avec les choses de la terre qu'elle annonce déjà comme un départ. Là, à la fin de *La vie et rien d'autre*, ce retrait campagnard de l'humaniste qui voulait redonner une identité à chaque mort de la grande guerre. Mais cette mélancolie surtout de l'homme trop timide, trop vieux pour oser dire je t'aime. Et maintenant que c'est beaucoup trop tard, les mots tombent si justes : « Il est dix heures, l'air sent le crottin, la menthe et le caramel, parce que j'ai fait tomber du sucre sur ma cuisinière. Demain matin, j'irai voir si les sangliers de mon petit bois sont partis pour l'Espagne, et je commencerai de vous attendre. Je ne vous attendrai pas plus de cent ans… »

Avoir cela en soi. Entendre cela au fond de soi parfois, quand on marche à flanc de colline, sur un petit chemin à peine tracé. Sentir un mélange profond de joie et de tristesse, avoir la chair de poule. Se dire que la terre est habitée.

Calicot cerf-volant

En plein cœur de l'été. Allongé sur la plage, on a donné ce qu'on devait. Une énergique contribution à la construction du château de sable, avec incrustation de coquillages dans les murs, et même une brindille traversée d'une petite feuille trouée en guise de pavois. Sur le dos, sans remords, on ferme les yeux. Les cris d'enfants se fondent, s'éloignent, le ressac entame une berceuse syncopée.

A-t-on dormi un peu ? On ne saurait l'affirmer, le temps a perdu sa matière. Du ronron aérien, on ne pourrait dire en tout cas qu'il vous a réveillé. Il semble tant venir de soi, d'une envie d'éprouver la sensation d'espace en maîtrisant le ciel. Non, pas un ULM. On se redresse, on s'appuie sur les coudes. En entrouvrant les yeux, on s'étonne de voir la plage entière si paisiblement tétanisée. Les pelles restent en l'air, les lecteurs de polars relèvent la tête, les tricoteuses suspendent la vélocité de leurs aiguilles. Malgré sa rage persistante de moustique, ce biplan frêle n'annonce aucun bombardement.

Mais il déploie un long ruban de tissu blanc, et ce message qui devient lisible et frémissant, entre deux coups de vent : « Intermarché. Ouverture exceptionnelle tous les dimanches de 9 h à 13 h. »

Considérable nouvelle on en conviendra, qui sort petits et grands de leur concentration, de leur torpeur. On a très envie d'apprendre au ciel qu'il ne se passe rien. Mais le message claquant là-haut est bien celui qu'on attendait. On le savait, qu'Intermarché est ouvert le dimanche, mais on veut le savoir comme ça, dans l'élan d'un minuscule avion de club surgi d'une autre époque. Son passage amplifie le vide sidéral du mot vacances. Il y a un étonnant confort à être dérangé ainsi, par un bourdonnement faussement affairiste. La technique publicitaire utilisée est d'un spectaculaire si usé qu'elle dit tout le contraire de ce qu'elle dit.

Dans le ciel un peu laiteux tout le monde fait semblant de lire et puis oublie déjà, et regarde longtemps le calicot devenir cerf-volant.

Tendre est la vie cruelle

On se prend dans les bras, comme ça, sur le trottoir d'une rue déserte, ou dans la solitude du sentier des douaniers – on n'avait pas entendu le chien qui arrivait, bientôt suivi par son maître, on fait semblant de ne pas les voir. On reste concentré sur l'autre. Plus de quarante ans que l'on vit ensemble, et quand même l'envie de s'embrasser dès qu'un lieu à l'écart redonne une liberté complice. On se souvient de ce petit livre de maximes qui disait « Le silence à deux, c'est le bonheur ». On relève la tête pour se regarder quelques secondes au fond des yeux. Une longue interrogation, presque une inquiétude, et juste à la fin l'ébauche d'un sourire pour se moquer un peu de soi, de nous – c'est peut-être à la fois bien grave et puéril de s'enlacer comme ça, quand on vit ensemble chaque goutte du quotidien.

Ce silence à deux, non ce n'est pas du bonheur. On le sent quand on se quitte du regard et qu'on éprouve doucement le corps de l'autre, avec une caresse des deux mains. Non, c'est très bon, mais ce n'est pas vraiment serein. On ne peut pas être plus près, plus chauds, plus confondus. Et pourtant c'est le fragile que l'on sent. Entre nous, le passé. Est-ce bien sûr, tout ce qu'on a vécu ? Quand on a besoin, envie de s'embrasser ainsi, les jours enfuis ne sont pas un trésor, on ne possède pas la clé du coffre, il n'y a pas de coffre. L'immensité du chemin accompli semble si frêle, et comme mise en doute par la surrection du présent. C'est toujours de l'adolescence, le moindre mot serait dérisoire.

Combien y a-t-il de soirs encore pour s'étonner ainsi, reprendre lentement la marche en se tenant la main ? Bientôt dire une bêtise, cela devient urgent. Faire semblant de ne pas être dupes, et s'inquiéter au plus profond de cette chance si légère – le moment le plus sûr est aussi le plus étonné, le moins propriétaire. On ne saura jamais. Tendre est la vie. Cruelle.

Table

DU MÊME AUTEUR

Le Bonheur, tableaux et bavardages
Le Rocher, 1986, 1998
et « Folio », n° 4473

Le Buveur de temps
Le Rocher, 1987, 2002
et « Folio », n° 4073

Les Amoureux de l'Hôtel de Ville
Le Rocher, 1993, 2001
et « Folio », n° 3976

L'Envol
Le Rocher, 1996
Magnard, 2001
et « Librio », n° 280

Sundborn
ou Les Jours de lumière
Le Rocher, 1996
et « Folio », n° 3041

La Première Gorgée de bière
et autres plaisirs minuscules
Gallimard, « L'Arpenteur », 1997

La Cinquième Saison
Le Rocher, 1997, 2000
et « Folio », n° 3826

Il avait plu tout le dimanche
Mercure de France, 1998
et « Folio », n° 3309

Paniers de fruits
Le Rocher, 1998

Le Miroir de ma mère
(en collaboration avec Marthe Delerm)
Le Rocher, 1998
et « Folio », n° 4246

Autumn
Le Rocher, 1998
et « Folio », n° 3166

Mister Mouse
ou La Métaphysique du terrier
Le Rocher, 1999
et « Folio », n° 3470

Le Portique
Le Rocher, 1999
et « Folio », n° 3761

Un été pour mémoire
Le Rocher, 2000
et « Folio », n° 4132

Rouen
Champ Vallon, 2000

La Sieste assassinée
Gallimard, « L'Arpenteur », 2001
et « Folio », n° 4212

Intérieur : Vilhelm Hammershoi
Flohic, 2001

Monsieur Spitzweg s'échappe
Mercure de France, 2001

Enregistrements pirates
Le Rocher, 2004
et « Folio », n° 4454

Quiproquo
Le Serpent à Plumes, 2005
et « Petits Classiques Larousse », n° 161

Dickens, barbe à papa
et autres nourritures délectables
Gallimard, 2005
et « Folio », n° 4696

La Bulle de Tiepolo
Gallimard, 2005
et « Folio », nº 4562

Maintenant, foutez-moi la paix !
Mercure de France, 2006
et « Folio », nº 4942

À Garonne
Nil, 2006
et « Points », nº P1706

La Tranchée d'Arenberg
et autres voluptés sportives
Panama, 2007
et « Folio », nº4752

Au bonheur du Tour
Prolongations, 2007

Coton global
Circa 1924, 2008

Ma grand-mère avait les mêmes
Les dessous affriolants des petites phrases
« Points Le Goût des mots », 2008 et 2011

Quelque chose en lui de Bartleby
Mercure de France, 2009
et « Folio », nº 5174

Le Trottoir au soleil
Gallimard, 2011
et « Folio », nº 5403

Écrire est une enfance
Albin Michel, 2011
et « Points », nº P2976

Je vais passer pour un vieux con
et autres petites phrases qui en disent long
Le Seuil, 2012
et « Points Le Goût des mots », nº P3230

Les mots que j'aime
« Points Le Goût des mots », nº P3134, 2013

Elle marchait sur un fil
Le Seuil, 2014
et « Points », nº P4070

La Beauté du geste
Le Seuil, 2014

EN COLLABORATION AVEC MARTINE DELERM

Les chemins nous inventent
Stock, 1997
et « Le Livre de poche », nº 14584

Fragiles
Seuil, 2001 et 2010
et « Points », nº P1277

Les Glaces du Chimborazo
Magnard Jeunesse, 2002, 2004

Paris, l'instant
Fayard, 2002
et « Le Livre de poche », nº 30054

Elle s'appelait Marine
Gallimard Jeunesse, « Folio Junior », nº 901, 2007

Traces
Fayard, 2008
et « Le Livre de poche », nº 32381

Pour la jeunesse

La Fille du bouscat
Milan, 1989

C'est bien
Milan, 1995
et Milan poche, « Tranche de vie », n° 37

Surtout, ne rien faire
(illustrations d'Isabelle Chatelland)
Milan Zanzibar, n° 142, 1995

En pleine lucarne
Milan, 1995, 1998
et « Folio Junior », n° 1215

Sortilège au Muséum
(illustrations de Stéphane Girel)
Magnard, 1996, 2004
et « Folio Junior », n° 1707

La Malédiction des ruines
Magnard, 1997, 2006

C'est toujours bien !
Milan, 1998
et Milan poche, « Tranche de vie », n° 40

Ce voyage
Gallimard Jeunesse, 2005

RÉALISATION : IGS-CP À L'ISLE-D'ESPAGNAC
IMPRESSION : NORMANDIE ROTO IMPRESSION S.A.S. À LONRAI
DÉPÔT LÉGAL : OCTOBRE 2016. N° 131005 (1602770)
Imprimé en France